序

詩是很個人化的，尤其是新詩，常常是以個人的立場去抒發的。

我寫詩，從很早就開始了。以前，我一早起床就找媽媽一起作詩和「發明展」。在我自製的小書中，還有好幾首不可思議的小詩，現在想來，都不知道當時只有七、八歲的我，詩意怎會如此地濃。

本書中正式的第一首詩，就是〈喝湯的領悟〉，自此以後，我每天的詩興就滾滾而來。同學的相處、上課的趣事，及意外的訊息，都能成為我寫作的題材。

也許有人會認為，小孩子不可能懂人情世故，只顧著自己玩。雖然他們之中，會用詩的方式來表達的人不多，但每個人心中，一定有他們的想法，只是沒有説出來而已。

第一本書，以詩集的方式呈現，希望大家讀到我的作品時，也能聯想到我，和我周圍，美好的一切。

目 錄

事件篇

靜觀篇

情緒篇

哲思篇

得失篇

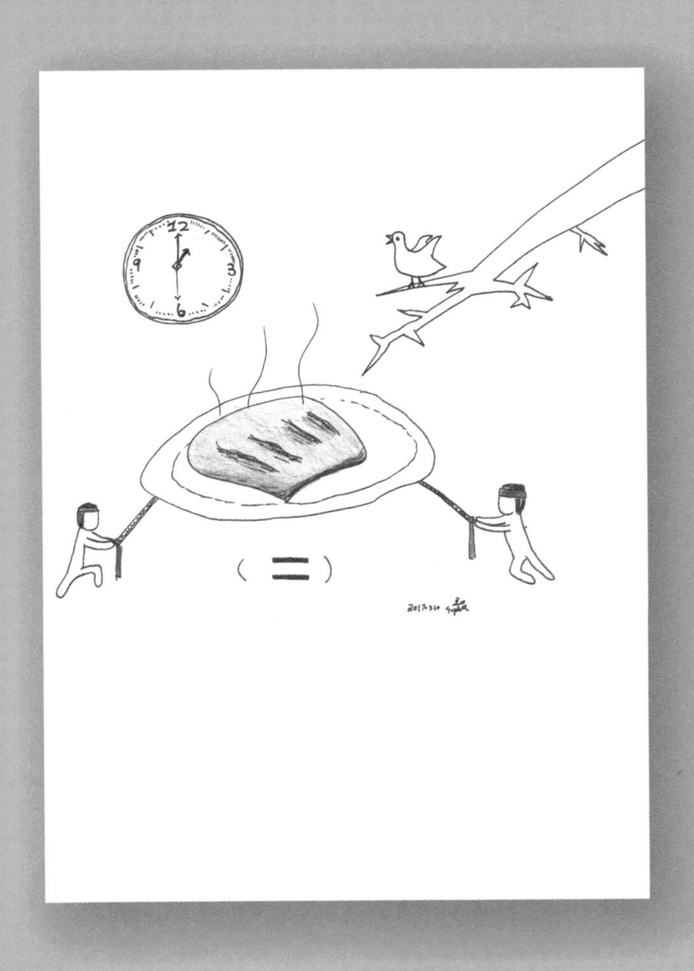
（二）

事件篇

鯛魚事件簿

～為了幫忙盛飯的同學把鯛魚汁留給自己，又把另一道食物汁盛很多，弄得鯛魚變甜。有同學大聲罵：去死啦

為何　人如此自私
為何　人毫無理智
為何　人不想公平
為何　人如此兇惡
為何　為一片鯛魚
為何　為口舌甜鹹
為何　傷透了感情
不解

2016/10/14 12:33

我的生活

我的生活
忙
忙
忙
當小主播
做主持人
簡報演講
朗讀比賽
無聊時
作詩遣詞
賣弄智慧
想像人生
我的生活
忙
忙
忙

2016/9/1 10:24

學校

六年級了
要畢業了

直到現在　才發覺——
原來：
是學校
讓我得以成長
說話
都聽得出雙關
是學校
讓我們有緣
吵架
都值得珍惜
是學校
讓我認識老師
再兇
都是美好回憶
學校是大家相聚的地方
有聚　就有散
記得　同學會
再見　好朋友

2016/9/2 12:37

聚散離合

～為芝婕姊姊作

還記得　那時別
還記得　你的好
別忘了　記得我
我倆夢　永不斷
長保安康　等我探望
天天開心　望著星星
啊
別忘了別離

2016/9/8 21:30

小精靈

～為學妹子淇作

大大的眼睛長頭髮
你讓我天天開心
關心你是個樂趣
你是我的小精靈
姊姊喜歡你
小小精靈
姊姊愛護你
永遠不會變

2016/9/10 10:30

考試

～看到班上考數學——
分數的除法

安靜的
讓時間　從指間流過
沙沙聲　從沒間斷過
批改　批改　批改
怨聲沒停過（學生和老師）
等待　另一個下午
晒日光浴　把「手機」問青天
翻翻泛黃的紙
期待著
沙沙聲　再次響起

2016/10/11 9:30

身外之物

下課
聽著同學吵鬧
踩椅子還撞了投影機
搶手錶還想拿去泡熱水
他們跟我的世界
隔得多麼遙遠

一想到要畢業了
此後十餘年不得相見
忽然
這一刻多麼有意義

2016/10/14 10:21

午餐

鮮豔美味　無言以對
玉皇大帝的午餐
飯裡加了愛心
湯中盛滿溫情
啊！　那是人間的食物
人間有好吃的午餐
玉皇大帝哪捨得
把守歲的人們滅掉
只能警告一下
環境汙染嚴重囉！

2016/11/4 10:19

喜訊

～學習檔案頒獎可以請公假

喜訊　可以讓你請公假
喜訊　可以知道對手差你太遠
喜訊　可以被大家崇拜——對你
而喜訊　也可以充實心靈
放開心胸
迎接一個完美的明天

2016/11/4 13:00

履歷表

二十年後
老闆托著眼鏡說：
「咦，有一格空白！」
我說
「在哪？」
「在『小學』那格啊！」
「阿，我答應過老師，
不能洩漏小學資料，
沒得讓她丟臉。」
「喔，我知道你是哪個學校，
哪個班，哪一屆的了，
但你好像是那個最乖的呀？！」
……

2016/12/16 12:43

濕漉漉的旅行

沙沙沙
霧氣重重的大雨
重重的打在車頂上
全身水氣充盈
這是一場
濕漉漉的旅行

2016/10/9 13:33

靜 觀 篇

萬年

水槽裡
咕嚕咕嚕
水聲潺潺
無論是
維他瓦河
淡水河
還是路易斯湖
誰也比不上
因為
河川湖泊長年不乾
槽裡的水
說不定哪天就沒了
不
槽裡的水
萬載不竭

2016/9/6 12:40

時間（中午）

～午休時導護生回教室休息，在安靜寫作業（多數同學練合唱去了）

滴滴答答
寶寶大哭　叫媽媽
滴滴答答
教室安靜　在午休
滴滴答答
員工瞌睡　打不停
滴滴答答
老闆數獨　解不開
滴滴答答
老人心想　好無聊
滴滴答答
黃昏日照　斜山頭
滴滴答答
流星殞落　黑夜空
滴滴答答
天使說　時間真煩　吵了我一輩子

2016/10/3 13:03

等待

上課
老師在改考本
我期待著
心情
就如同踩斷鞋跟的誰一樣
放學
荷花在綻放
上班族等著
心情
就如同千年的蓮相似
勝仗　蓮心
戰場上
一顆蓮子在發芽

2016/10/4 14:50

教室正午

萬籟俱寂
偶爾傳來刮飯的聲音
沒有喧嚷
沒有糾紛
它多令人安心的　去睡

2016/10/26 12:47

核

～聽自然老師講核

她　在人群擁護下奔走
她　看見一些面有憂色的人
　　竊竊私語
　　碰的一聲巨響
她　屹然站在原點
她　白袍上沾染了灰
人們離去了
她　依舊不走開

2016/11/2 10:15

黑板

～看到同學英文課寫在
黑板上的字好醜

從生澀的注音
到整齊的英文
大塊黑板
記錄了一切
小學點滴
盡在此上

2016/11/4 10:27

期中考

早晨　一改往常的吵鬧
低頭　安安靜靜的複習
窗外　喝豆漿聊天的聲音
聽來　都像是專業的學術

2016/11/10 7:51

山丘小路

草原
有成群牛羊
冷山
雲霧繚繞
靜謐的碧波池塘
野薑花
伴隨一望無際的樅樹
起舞

2016/12/5 14:46

夕陽晚景

底層是皮膚般的粉
再來是天藍的夾層
上面的一望無際
是浪漫最深邃的灰藍
綠樹紅花
襯托著條理分明的大度
連近處雜色的簡陋矮房
似乎也不怎麼會
因霉運而引起紛爭了

2016/12/14 16:29

時光漫步

耳邊　聽薩克斯風吹著陰鬱的藍調
　　　聽鋼琴彈奏著悠閒的小調
眼看　玻璃窗外一刻不停的車輛
　　　玻璃窗內輕鬆的步調
兩者　在完全不同的時空生活著
　　　卻都悠然自得的
　　　　　生活在同一條馬路上

2016/12/17 13:16

山巒

開車
經過層層疊疊的山巒
每幾十公尺
山就少一層
沒了一座還有一座
我想
永遠都有走不完的山
在等著人來挑戰
登上雲頂

2016/10/9 11:20

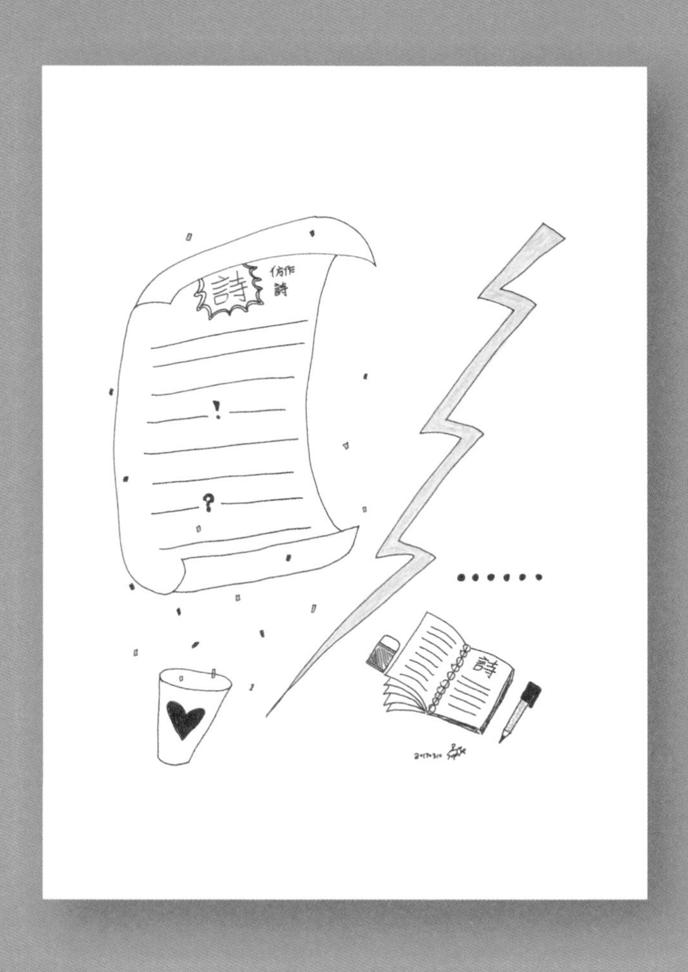
詩
仿作
詩
詩
2017.3.10

情緒篇

模仿？ 之一

～看到別班同學模仿再別康橋詩，寫在海報紙上，到處傳閱

十一　十二　同齡的小孩
好多　好多　仿造的新詩
看到　看到　未知的水準
心底　心底　無盡的滴血
依然　依然　我還在寫詩
但是　但是　只有他出名
我呢？我呢？該不該下去？
成為　成為　泣血的杜鵑

2016/10/21 10:30

我的椅子

～看到後面人的桌椅超線，而我沒有

我的椅子是河水
那把椅子是井水
河水不犯井水
井水何必犯我
我們
井河互不相犯

2016/9/10 14:27

一首爛詩：尋知己

千古詩人作的詩
俗人老來問不知
若問知己何處有
萬年相遇方可釋

2016/10/11 12:34

情深義重

～為鬥魚藍莓作

在園遊會上　我看見了你
我替你精細的佈置
天天陪你
憂鬱時　你是情緒的出口
我愛你
你走時
我為你把眼眶紅了一天
你只有一年　跟四年級一樣短暫
回想起你那溫和　一點也不[鬥]
你在遠方　我天天想你
我不負你
會永遠記得你

2016/10/12 14:44

全民公敵

～幫忙老師，聽同學背詩，有人說：「不公平，她們都喜歡考試。」哪有！我想我的中庭穴又打開了～

考試？大不了
零分被罵
一百被讚
生命
不只有考試
如過眼雲煙
瞬間光華
長大
一切都值得懷念
看吧！有這種想法的人——我
如同　好像　就是
怪胎　外星人　孤僻人
我
是全民公敵：孤獨

2016/9/29 10:45

界線

我喝湯
一邊　看見碗底
一邊　看到教室
碗底　多麼沉靜
教室　多麼喧囂
兩邊　界線模糊
世界　沒有國界
大陸　以前是連在一起的
連我　都想得通
卻　不得不戰

2016/10/20 12:25

我寧願

寧可　生活在稀少的人群中
不願　當第一次的三十三
寧可　出生再晚個四五天
不願　當個喧囂的音樂班
寧可　戶籍學校在偏鄉
不願　接受贏家對手一大籃
　既無法做到
　我只有維護
李代桃僵　代人受傷
　既無法做到
　我只有珍惜
琴藝絕超　直飛樹梢
　提醒
妄自菲薄　天下無難事　只怕有心人

2016/11/2 10:18

晴

烏雲　遮遍了蔚藍的天空
大雨　掩藏了蓬勃的大地
人們　抱怨著突兀的天氣
身旁　好巧的沒帶著雨傘
微風吹過　拂走午後的焦雷
大雨傾盆　在眨眼間停止
走來的嬉笑　彷如在眼前
雨過自然天晴
海闊自然天青

2016/11/13

失望 之一

一句話　你的底便全掀
一個腦　夠想得到千言萬語
一滴淚　已訴說了我的失望
一條街　就有兩個世界
我不是聖人　但遙遠的期待太重
我不是名賢　可旁人內心的牽引太強
多想拋下對心靈的執著
渴求放棄於真誠的追求

2016/11/9 14:00

失望 之二

啊　那是什麼
要背詩　推本溯源
什麼愛恨情愁只出來了第二和第四個
又不是殺父之仇奪妻之恨
難不成現代人是壞蛋的轉世？
要是聽到這番話
詩人大概會立刻活轉
命令警察抓捕他們
但「人民褓母」也說：
「才不要！」

2016/11/11　11:14

我的詩

翻開自己的記錄簿
幾乎每句都嘔心瀝血
畢業倒數就要來了
美好卻匆匆溜走
只留下傷心往事
伴隨校門漸行漸遠

為何口中別人特別好？
他們比較用功嗎？
　　比較聰明嗎？
　　特別受人喜愛嗎？
還是　最強的人已不需要讚美？
何況　世界永遠只有第二

2016/11/23 10:25

無題

清涼的微風　驕豔的陽光
這麼美的景色　可我卻好不起來
最受不了輿論牽纏　自以為兩袖清風
準備好要破土而出　驚煞這些人
遠離塵囂　遠離閒話
遠離無中生有的八卦
才快到一個圓滿　已決意悄悄離去
保留他們的純真　他們的無知

還沒到一個句點　已開始準備
知道離開的那天我不會流淚
要滴也只是慶幸的淚水
以前排斥的種種
終成為鐵灰的現實
沒有說謊的人們
令我恨不得遮掩雙耳

冰冷的堅實　不管過去還是現在
希望的種子發芽無處
自編故事終只是幻想
若三界能通
馬上離這遠去
到那江湖俠義
不在這裡受這閒氣

一句話　傷透了心
俠女只是瘦弱的小雞
騙人的心靈
讓我誤以為了得
鄙夷的人反而來笑我
任憑世界之大我還是在這裡受罪

那字　我不太明白它的意義
只知道是自大狂的代名詞
不是髒話　沒有當面
非男女我卻依然這樣
情緒沸騰　無可替代
看詩這麼長就明白
他們折斷了飛翔的翅膀
正起飛的討厭鬼又回來了
唉——一言難盡哪
又何必多問？

讓心情沈澱
知道青春期是難免
原諒一切的無謂稱呼
假裝樂在其中的他們也是虛偽

2016/11/17　10:34

輸了的人生

榮譽　如流水般匆匆走過
此刻的人生只剩淒風苦雨
要強好勝的我總追求完美
不容第一悄悄溜走
把好的事全占得絲絲緊密
不留任何他人萌芽的痕跡
隱身的敵人一直都在
迫使我一廂情願的認為人生輸了

2016/12/1 15:09

20170310

哲 思 篇

窗外的屋

遠方的兩棟橘屋
若隱　若現
圍繞在身旁的
不知是雲　還是霧
天空　佈滿白雲
卻陰陰的好像要下雨
教室裡
傳出陣陣笑聲
震耳欲聾

2016/10/14 10:29

喝湯的領悟

竹筍湯
甘甜後微有苦味
正如
人生
開始太甜
忘了危險
正如
青蛙
無憂無慮
卻被煮熟
因此
甘蔗
不能
從頭來吃

2016/8/31 12:35

二〇一六・水岸藝術館

國文的智慧
數學的聰明
社會的理智
英文的瀟灑
只要來藝術館
他們都會送你這些特質的種子
你得自己種
不一定能發芽茁壯
二〇一六
淡水河岸
花開又花落

2016/10/12 14:40

家 之一

站在窗口眺望遠方
灰色的天空有林立的大廈
熟悉的景色陌生的地方
碧綠的農田才是我的故鄉
心裡的藍天在蕩漾
心裡的純樸在回響
多渴望能去到那裡
那裡才是我的家

2016/11/4 9:28

讀書守則

圖書館　請保持安靜
　　　　請勿破壞藏書
　　　　請到外面講電話——簡訊除外
館內　　請勿玩手機
　　　　請勿講髒話
　　　　請別想歪——天馬行空除外
敬請　　請勿穿拖鞋
　　　　請勿大聲喧嘩
　　　　請勿帶寵物——導盲犬除外
另外　　一般民眾不得入內——
　　　　心靈層次高者除外

2016/11/4 13:04

家　之二

不斷的重疊那煩躁
依然處於複雜昏黃的地窖
渴望身在藍天的懷抱
享受晴朗白雲的依靠
吃飽喝足再接受慰勞
探索深沈秘密的古道
尋找人生真正的喜好
別吹破這彩色的泡泡

2016/11/9 13:22

心如明鏡
·望月

　今天
平靜得有如太平洋
　時刻
在無聊中滴滴答答的消逝
　明天
一定也像止水般無波無浪
　時間
一定也在平靜的等待中匆匆流過

一點點寸寸的漣漪也不起

2016/12/6 18:22

需要

親人　需要親熱的問候
愛人　需要甜蜜的擁抱
友人　需要無縫的合作
陌生人　需要微笑的招呼
病人　需要溫暖的關心
植物人　需要真心的話語
壞人　需要改過的一顆心
犯人　需要陳述的勇氣
死人　需要家屬的眼淚
我　需要你無邪的笑容

2015/10/10 9:10

初生

艷陽
風吹過
我在拉琴
琴聲　越飛　越高……
風吹過
蒲公英在飛翔
種子　越飛　越低……
跟著它的
彷彿是生命的著陸
它停在我腿上
呼地一聲把它吹飛
心裡　在嚴冬中仍覺溫暖

2016/12/18　15:45

永遠的雨

雨刷
不停地揮著
在同時
雨也不停的下著
只要雨不停
這就會是
無止境的常態

2016/11/9 14:12

Win!
Lose

得失篇

DONT TOUCH！

不想面對
不想面對數學
它不難
但是算來算去好麻煩
不能拒絕
不能拒絕作文
它很難
但是妙「筆」如珠好好玩
Oh my God！
這有一個怪胎
需要送去精神病院
居然希望數學作文兩個調換

2016/10/9 10:04

模仿？ 之二

全開海報紙　高掛黑板上
小小筆記本　偷藏抽屜裡
一個燈光照　一個眼睛閃
一個被傳閱　一個無人知
誰懂我的心　陰暗裡照耀
世界無處去　只能聊自遣

2016/10/21 11:29

模仿？ 之三

努力　不一定有收穫
不努力　一定沒有收穫
　這句金玉良言
　深深刺痛我心
我已耕耘　卻未達目標
身不由主的成為完美主義者
與其一次一次把信心風化
不如當個複製人
沒有特色　毋庸掉淚
在漫長的人生大道上
我尋找著永遠沒有答案的
　康莊大道

2016/11/4 12:49

找

大呼小叫　大驚小怪
東翻西找　東看西看
腦筋渴望答案的呼喚
啊的一聲
心中的遺忘又浮現
卻不能出聲
低下頭來　繼續尋尋覓覓
強壓抑著良心的叫喊

2016/11/14　11:08

如果

如果可以　我要永遠都在午睡
讓安靜的時光能一直靜默
如果可以　我要智慧像河一般的流
讓博大能充滿世人的胸懷
如果可以　我要夢境都能成真
讓俠士的義氣來捍衛世界
如果可以　我要停留在這一刻
讓小學的美好留在我
晶瑩的相框上
（晶瑩的相框：微笑含著淚的眼睛）

若時光不再回
那該有多遙遠
直漫到天際的
無涯荒野
若時光不再回
只有珍惜
珍惜　才能把拼圖
重新拼回

2016/11/9 14:12

後　記

一個學期，五十首詩，一段故事，這是我的畢業禮物。

我們班人數遠較其他屆的同學為多，似乎也更頑皮了些，但他們成熟的時候，尤其令人感動。想起以後，各自奔波，現在卻是值得珍惜。

所有詩裡，我最喜歡的一首是〈家．之一〉，雖然我沒去過那裡（爺爺的家鄉），但我對它嚮往已久，而輩分甚高的我，去了那裡，不知道有多少人要叫我阿姨、姑姑呢？

「哲思」篇裡的詩，都是我嘔心瀝血之作，內容讓我對這本書有十足的信心。

很謝謝媽媽和爸爸以及出版社的叔叔阿姨們，他們對我加油，幫我做了很多沒有設想到的事。作為叢書的第一本，我很緊張，但我知道，我一定可以更好，讓大家知道：詩不是古代人的特權，它可以讓你放鬆緊繃的心，把不愉快的一切放下，全心全意地等待一個更好的明天。

附　錄

跟大家分享四首我在一到二年級寫的詩。

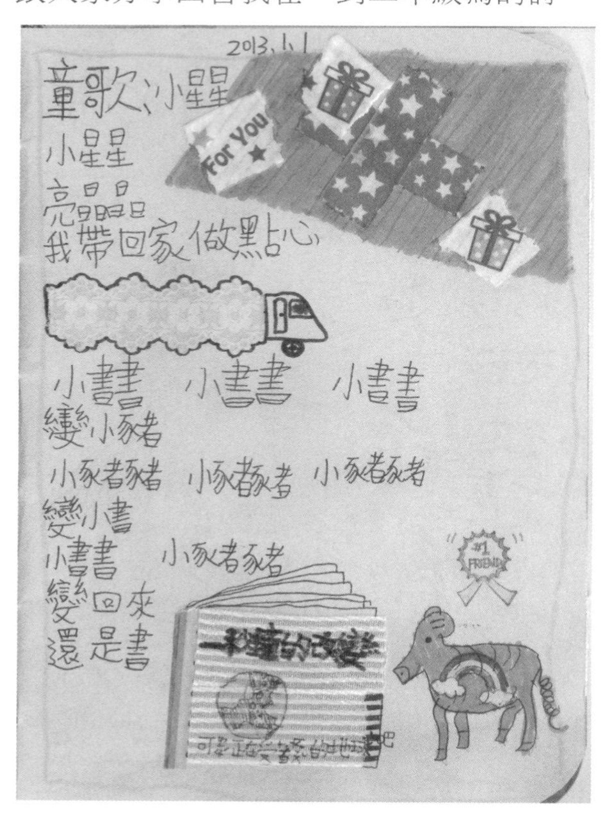

這兩首是一年級寫的，二年級的時候抄錄。

二年級的時候寫的，像不像視覺詩啊？！

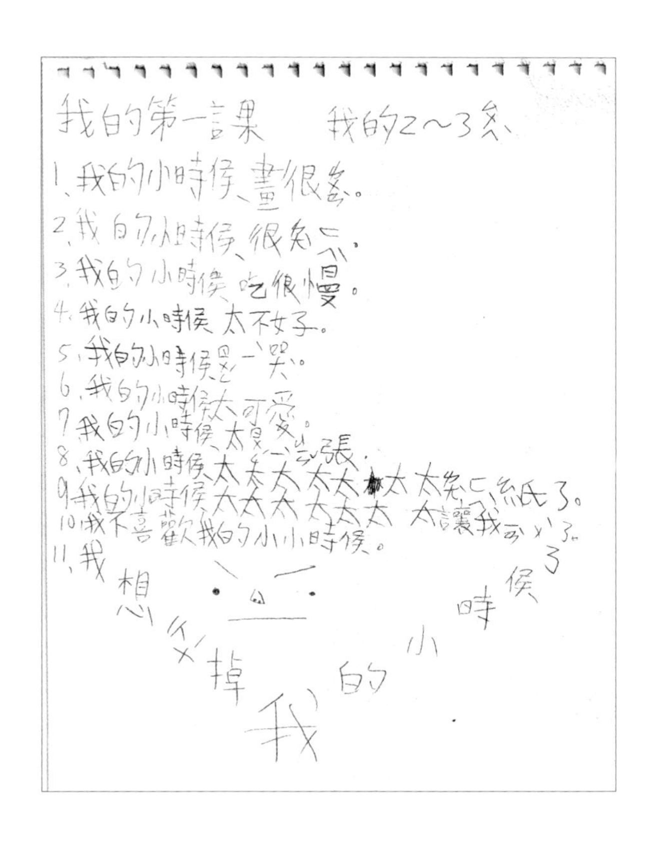

還有一首也是二年級寫的：

〈台灣之旅〉

台北　台北　真熱鬧，
101大樓好高喔！
桃園　桃園
桃園機場，
基隆　基隆
基隆大船，
宜蘭呀！泡腳真舒服，
台中呀！好吃太陽ㄅㄧㄥˇ，
嘉義呀！方方的方塊ㄙㄨ，
花蓮呀！帶你回花蓮，
台南呀！吃ㄅㄠˇㄉㄢˋㄉㄢˋ麵，
台東、高雄真可愛，
屏東最後一個來。

這些小童詩，記錄著我成長的軌跡，也是在忙碌時能讓人會心一笑的好題材。

你的新詩

文化生活叢書·少年文學家叢刊 1307A01

常玉新詩

作　　者　劉常玉
責任編輯　張晏瑞

發 行 人　陳滿銘
總 經 理　梁錦興
總 編 輯　陳滿銘
副總編輯　張晏瑞
編 輯 所　萬卷樓圖書(股)公司
排　　版　游淑萍
印　　刷　百通科技(股)公司
封面設計　劉常玉、林靜茉
繪　　圖　劉常玉

發　　行　萬卷樓圖書(股)公司
臺北市羅斯福路二段 41 號 6 樓之 3
電話　(02)23216565
傳真　(02)23218698
電郵　SERVICE@WANJUAN.COM.TW
大陸經銷
廈門外圖臺灣書店有限公司
電郵　JKB188@188.COM
香港經銷
香港聯合書刊物流有限公司
電話　(852)21502100
傳真　(852)23560735

ISBN 978-986-478-080-8
2017 年 4 月初版一刷
定價：新臺幣 160 元

如何購買本書：
1. 劃撥購書，請透過以下帳號
帳號：15624015
戶名：萬卷樓圖書股份有限公司
2. 轉帳購書，請透過以下帳戶
合作金庫銀行　古亭分行
戶名：萬卷樓圖書股份有限公司
帳號：0877717092596
3. 網路購書，請透過萬卷樓網站
網址　WWW.WANJUAN.COM.TW
大量購書，請直接聯繫，將有專人為您服務。(02)23216565　分機 10

如有缺頁、破損或裝訂錯誤，請寄回更換

國家圖書館出版品預行編目資料

常玉新詩：我是城市中的點燈人/
劉常玉著.
-- 初版. -- 臺北市：萬卷樓, 2017.04
面；　公分.
ISBN 978-986-478-080-8(平裝)

851.486　　106005091